Y

167

LA SVSANNE CHRESTIENNE

TRAGEDIE

DEDIE'E

AV ROY

TRES-CHRESTIEN,

FONDATEVR DES PRIX

DV COLLEGE DE CLERMONT

DE LA COMPAGNIE DE IESVS.

Le tour du mois d'Aouſt M. DC. LIII. à vne heure apres midv.

A ij

La Scene est à Rome.

MONSIEVR LE GRAND *dediera la Tragedie
à sa Maiesté.*

Au lieu de Prologue, *vn Hercule qui aide Atlas à porter
le monde, representera la creation du nouueau Cesar.*

ACTE I.

GALERIVS, le iour méme qu'il doit estre nommé
Cesar, apprend par vne lettre de l'Imperatrice
Serene, que Diocletian a agreé la recherche qu'il
faisoit de Susanne proche parente du mesme Empereur;
mais qu'il y a encor vn obstacle à surmonter, qui n'est
autre qu'vn Riual. Ce Riual est Artisus fauori du même
Galerius, qui se declare sans y penser, en demandant la
faueur de son nouueau Cesar , pour épouser Susanne.
Cette connoissance met Galerius dans vne estrange per-
plexité, qui ne peut auoir ny assez d'amitié, ny assez de
hayne, pour vn amy qu'il voit estre son riual. Serene
qui est Chrestienne sans qu'on le sçache, trouuant vne
si belle occasion, oblige Galerius quasi malgré qu'il en
ait, d'éloigner d'auprés de soy son Artisus , qu'elle sçait
estre vn des plus grands ennemis qu'ayent les Chrestiens. Cependant Diocletian paré de tout ce qui rend
la Maiesté des Cesars auguste & redoutable, declare
Galerius Cesar deuant tout le Peuple Romain ; & en
mesme temps il l'oblige par serment d'exterminer de la
ville tous les Chrestiens. Galerius s'y engage volontiers,
parce qu'il ne sçait pas que son serment est contraire à
la passion qu'il a pour Susanne. Diocletian assigne le
lendemain pour la celebrité des nopces.

ACTE II.

SERENE qui preuoit les grands auantages, qui nai-
stront pour le repos des Chrestiens du mariage de
Galerius & de Sufanne, entreprend auec Maxime
parent de cette genereufe Fille, & Chreftien, de la porter à cette alliance. Gabinius pere de Sufanne n'y repu-
gne pas: mais Sufanne, qui s'eft dé-ja confacrée à Iefus-
Chrift, épreuue des repugnances inconceuables à luy
faufser fa foy, pour l'engager à vn autre. Cependant,
pour ne fembler pas vouloir tout à fait refufer l'Imperatrice, qui fe méloit de cette affaire, elle trouue vn
moyen qui doit obliger Galerius à deuenir de fon amant
fon tyran, ou bien à eftre le Protecteur des Chreftiens.
Elle fe declare donc à Galerius premierement par mots
couuerts & ambigus, & en fuite tout ouuertement,
pour Chreftienne ; & en mefme temps, elle luy fait
fçauoir, que fi il ne luy promet de proteger les Chreftiens, il ne doit point attendre d'elle aucun confente-
ment pour ce mariage. Galerius fe voyant comme
captif entre deux fermens, que l'vn & l'autre de ceux
qui les exigent, pretendent eftre inuiolables, demeure
comme immobile dans vne profonde irrefolution. Il
eft rencontré dans ce trouble d'efprit, de Marcellus &
de Camillus, qui ne pouuans tirer de luy le fuiet de fa
mauuaife humeur, qui paroiffoit fi hors de faifon, par
leurs diuerfes coniectures donnent les premiers com-
mencemens au bruit, qui fe répandra par aprés, que
Sufanne eft Chreftienne.

ACTE III.

LE iour des nopces estoit venu, lors qu'Artifus ayant appris au vray que Sufanne estoit Chreftienne, ne manque pas, pour fe vanger du mefpris qu'on a fait de fa perfonne, d'en informer Diocletian. L'Empereur à cette nouuelle deuient plûtoft furieux, que fâché. Il fait venir Galerius & Sufanne, qui ne pouuoient iuger autre chofe, finon qu'ils eftoient appellez pour la ceremonie des nopces. Mais Sufanne fe voit d'abord traitée auec toute la rage d'vn homme paffionné, qui luy reproche, comme le premier de tous les crimes, qu'elle eft Chreftienne. Elle, fans eftre beaucoup furprife de cét accueil, luy auouë genereufement la verité ; puis fe tournant vers Galerius, qu'elle penfe luy auoir joüé cette partie, luy demande d'vn air riant, fi ce font là les premiers gages de fon affection. Galerius fe veut purger auprés d'elle, mais en mefme temps il fe rend criminel auprés de l'Empereur, qui reconnoift qu'il a eu plus de fidelité pour Sufanne, que pour fes Dieux. L'Imperatrice ayant appris que Sufanne eftoit découuerte, tâche encore de perfuader à l'Empereur, qu'il faut acheuer le mariage, puifqu'il peut eftre vn excellent moyen, pour changer l'efprit & le cœur de Sufanne. Mais le nom de Chreftienne que Sufanne porte, eft vn nom trop odieux à Diocletian, pour pouuoir iamais confentir qu'elle efpoufe Galerius en cét eftat. Il ordonne donc à Galerius felon le ferment qu'il en a fait, & aux deux Confuls, de iuger & de condamner Sufanne, fi elle ne peut eftre changée, ou par la paffion de Galerius, ou par la rigueur des tourmens.

A iiij

ACTE IV.

LEs Conſuls, pour tâcher de flechir le grand cœur de Suſanne, font vn ſpectacle de tout ce qu'il y a de plus cruel dans les tourmens. Mais tout cela eſt plus capable d'épouuenter Galerius, que Suſanne méme. Il prie, il ſe ſoûmet, il coniure, vous diriez qu'il eſt le criminel, & que Suſanne eſt ſon iuge. Enfin ne pouuant rien gagner ſur ſon eſprit, il enuoye querir Gabinius & Maxime, qu'il prie d'abord de vouloir donner quelque bon conſeil à cette fille opiniâtre. Ils obeiſſent à ſes commandemens, mais non pas dans le ſens qu'il le pretendoit. C'eſt pourquoy ſe voyant ainſi trompé, il entre en colere, & commande qu'on les dépoüille, & qu'on les tourmente en la preſence méme de Suſanne, qui les peut deliurer, en faiſant parêtre le moindre ſigne de ſa volonté. Elle n'eſt pas inſenſible à ce ſpectacle, elle en paſme de douleur, mais aprés tout elle ne ſçauroit auoir de compaſſion, qui paſſe iuſques au crime. Cependant Galerius fait deux perſonnages bien differens, il eſt furieux & amant tout enſemble. On le preſſe de prononcer la derniere ſentence contre Suſanne, il le veut, & tâche de le faire, mais ſa paſſion le trahit, & l'emporte ſur ſa colere. Ouy méme il s'oublie d'étre iuge, & deuient Auocat de ſa criminelle. Il prie Diocletian, que les Conſuls auoient appellé dans cette irreſolution, de differer encor pour quelque temps la ſentence de mort. Suſanne accompagnée de ſon pere & de Maxime demande la mort à Diocletian, auec autant de paſſion, que Galerius en peut témoigner pour l'empécher. Iugez quelle rage en conçoit l'Empereur! Cependant il accorde aux prieres de ſon Ceſar, qu'on en differera encor pour quelque temps le iugement.

ACTE V.

ARTISVS qui ne peut souffrir l'amour de Galerius pour Susanne, donne des apprehensions à Diocletian, de Galerius mesme : qu'il y a danger que l'amour qu'il porte à vne Chrestienne, ne le rende plus pitoyable enuers ces sortes de gens, qu'il ne faudroit pour vn Cesar. L'Empereur fait venir Susanne, & aprés auoir chassé l'Imperatrice qui la defendoit auec plus de zele, que n'en deuoit faire parestre vne personne, qui ne se declaroit pas publiquement pour Chrestienne; il condamne enfin cette diuine fille à la mort. Et afin que Galerius n'en empesche l'execution, il donne commission à Artisus, de faire courir le bruit dans Rome, que Susanne n'est plus Chrestienne, & que le mariage se doit executer. Diocletian en entretient Gabinius & Maxime, qui ne sçauroient imaginer vne lascheté si grande, dans la plus genereuse fille du monde. Cependant voyant que les Consuls, que ce bruit populaire auoit abusez, en viennent faire des conioüissances à l'Empereur, ils commencent d'apprehender la fragilité du Sexe. Serene & Galerius suruenant sont trompez de la mesme sorte, tellement que Galerius s'en voloit dé-ja auec l'inquietude ordinaire aux amans vers son espouse, lors qu'on luy en presente la teste separée du corps. A cette veuë Galerius s'emporte de colere : Serene éclate de douleur : Maxime porte enuie à cette incomparable victime : Gabinius pleure, parce qu'il est pere; mais il se réioüit parce qu'il est Chrestien.

LOVIS DE SOISSONS *fera le Remerciment au Roy.*

LES NOMS DES ACTEVRS.

<table>
<tr><td>

L'Empereur DIOCLETIAN
MICH. DE MAVROY, *Paris.*

SERENE Imperatrice
CHARLES DE HENAVT,
Parisien.

MARCELLVS
DENIS LE CAMVS, *Parisien.*

CONSTANTIN
LOVIS DE SOISSONS, *Parisien.*

MAXENCE
ARMAND ANTOINE DE
SAINTOV.

</td><td>

GALERIVS Cesar
CESAR DVRET, *Parisien.*

ARTISVS, Fauory de Galerius
RENE' DE BOVRNEVF, *de Loud.*

CAMILLVS, Amy d'Artisus
MART. DE BEAVFORT, *Paris.*

TITE
FR. DE BELLEBRVNE, *d'Amiës.*

FLAVIVS
EDOVARD VALLOT, *Parisien.*

ALEXANDRE
CHARLES DE BREZEIL, *Paris.*

</td></tr>
</table>

Enfans des Cesars.

<table>
<tr><td>

TVSCVS I. Consul
NICOLAS ROLLAND,
de Corbeil.

ANELLINVS II. Consul
NICOLAS HVLLOT, *Parisien.*

VICTORIN
IEAN VALLOT, *Parisien.*

MANLIVS
IACQVES HVERNE, *Parisien.*

DOMITIAN
LOVIS MABOVL,
Parisien.

</td><td>

LES CHRESTIENS.

GABINIVS pere de Susanne
MEDERIC DE VIC, *Parisien.*

SVSANNE
CLAVD. DE VERSORIS, *Paris.*

MAXIME, parent de Susanne
ANTOINE BOVLIN, *Parisien.*

AVRELIVS
ADRIEN GVITONNEAV, *Paris.*

COMMODE
PIERRE MARCHAND, *Parisien.*

GORDIAN
CHARLES BERNARD, *Parisien.*

</td></tr>
</table>

DANS LES INTERMEDES.

LOVIS DE LORRAINE COMTE D'ARMAGNAC.

HENRY GVICHARD, *Parisien.*

BONAVENTVRE THEVENOT, *Parisien.*

HYACYNTHE DE VOLLVYRE DE RVFFEC, *Parisien.*

IEAN CHAMOYS, *Parisien.*

ABEL IEAN DE VIGNIERE DE HAVTERIVE, *Parisien.*

ANDRE' DVRET, *Parisien.*

CHARLES DE LAVBESPINE CHASTEAV-NEVF, *Parisien.*

CHARLES FRANCOIS DE MAVSSAC, *de Languedoc.*

HENRY DE LA MARCK DE LA BOVLAYE, *de Poiĉtou.*

HENRY DE LEVI DE QVELV, *d'Auuergne.*

ARMAND DE QVINCE', *de Picardie.*

IEAN ANT. DE MESMES, *Parif.*

PIERRE DE GERPONVILLE, *Normand.*

EVSTACHE DE LA SALE, *Parif.*

IACQVES DV FORT, *Parisien.*

IEAN BAPT. DE GOVILLE, *Norm.*

IEAN DV TILLET, *Parisien.*

MATHVR. DE RVBANTEL, *Norm.*

www.ingramcontent.com/pod-product-compliance
Lightning Source LLC
LaVergne TN
LVHW020110070726
842525LV00018B/2668